THÉOPHILE GAUTIER

UNE

NUIT DE CLÉOPATRE

ILLUSTRÉE DE VINGT ET UNE COMPOSITIONS

PAR

PAUL AVRIL

PARIS

LIBRAIRIE DES AMATEURS

A. FERROUD, LIBRAIRE-ÉDITEUR

127, BOULEVARD SAINT-GERMAIN, 127

—

1894

UNE

NUIT DE CLÉOPATRE

JUSTIFICATION DU TIRAGE

N°s 1 à 200. — Exemplaires sur papier du Japon ou grand vélin d'Arches.

N°s 201 à 250. — Exemplaires sur grand papier vélin d'Arches.

N°s 251 à 500. — Exemplaires sur papier d'Arches.

N° *Exemplaire réservé*

pour le Dépôt légal

S.T.

THÉOPHILE GAUTIER

UNE

NUIT DE CLÉOPATRE

ILLUSTRÉE DE VINGT-ET-UNE COMPOSITIONS

PAR

PAUL AVRIL

PRÉFACE PAR ANATOLE FRANCE

PARIS

LIBRAIRIE DES AMATEURS

A. FERROUD, LIBRAIRE-EDITEUR

127, BOULEVARD SAINT-GERMAIN, 127

1894

PRÉFACE

I

Cléopâtre n'était pas très belle. Elle ne l'emportait ni en beauté ni en jeunesse sur cette chaste Octavie à qui elle prit Antoine pour la vie et la mort. « Sa beauté, dit Amyot, qui traduit Plutarque agréablement, sa beauté seule n'étoit point si incomparable qu'il n'y en eust pû bien avoir d'aussi belles comme elle, ni telle qu'elle ravît incontinent ceux qui la regardoient; mais sa conversation, à la hanter, étoit si aimable qu'il étoit impossible d'en éviter la prise, et avec sa beauté la bonne grâce qu'elle avoit à deviser, la douceur et la gentillesse de son naturel, qui assaisonnoit tout ce qu'elle disoit ou faisoit, étoit un aiguillon

qui poignoit au vif; et il y avoit outre cela
grand plaisir au son de sa voix seulement et à
sa prononciation, parce que sa langue étoit
comme un instrument de musique à plusieurs
jeux et registres, qu'elle tournoit aisément un
tel langage comme il lui plaisoit, tellement
qu'elle parloit à peu de nations barbares par
truchement, mais leur rendoit par elle-même
réponse, au moins à la plus grande partie,
comme aux Égyptiens, Arabes, Troglodytes,
Hébreux, Syriens, Médois et Parthes, et à
beaucoup d'autres dont elle avoit appris les
langues. »

Elle avait l'esprit raffiné, à la façon des
Alexandrins. Elle reçut d'Antoine, comme un
présent agréable, la bibliothèque de Pergame,
composée de deux cent mille volumes. Elle n'a
été un monstre que dans l'imagination am-
poulée des poètes amis d'Auguste. Ils ont dit
qu'elle se prostituait aux esclaves. Ils n'en
savaient rien. On lui a donné pour amants
Cnéius Pompée, César, Dellius, Antoine et
aussi Hérode, roi des Juifs, qui était très beau.
Mais il n'y a de certain que ses relations avec
César et avec Antoine. Le reste n'est pas

prouvé, et l'aventure d'Hérode a tout l'air, notamment, d'un conte de Flavius Josèphe. Cléopâtre était une femme dangereuse. Et l'on peut penser d'elle ce que pensait le vieux professeur de Henri Heine. « Mon vieux professeur, disait Henri Heine, n'aimait pas Cléopâtre ; il nous faisait expressément observer qu'en se livrant à cette femme, Antoine ruina toute sa carrière publique, s'attira des désagréments privés et finit par tomber dans le malheur. » Rien n'est plus vrai. Elle a perdu Antoine et contribué peut-être à la perte de César, et le vieux professeur parlait d'or. Ce n'est peut-être pas assez toutefois pour l'appeler, comme Properce, la reine courtisane, *meretrix regina*. Ces Romains haïssaient l'Égyptienne ; elle leur avait fait peur. Horace et Properce avouent que Rome tremblait avant la journée d'Actium. Cléopâtre morte, il y eut de grandes réjouissances dans la Ville Éternelle. « C'est maintenant qu'il faut boire ! Il n'était pas permis de tirer le cécube du cellier des aïeux, quand une reine préparait au Capitole des ruines insensées et des funérailles à l'empire. Elle osait opposer à notre Jupiter le museau de chien de l'aboyant Anubis et couvrir la trompette romaine des sons aigres du sistre égyptien. Elle voulait planter sur le Capitole ses tentes au milieu des images et des trophées de Marius! » Enfin le monstre était mort. Il fallait boire, danser, offrir des mets aux dieux!

Et c'était une femme, une petite femme qui avait fait trembler le sénat et le peuple romain. Quand nous disons qu'elle était petite, nous n'en savons rien. Nous l'imaginons sur quelques vagues indices. Pour échapper aux embûches de l'eunuque Pothin, elle se fit porter à César dans un sac. C'était un de ces grands sacs d'étoffe grossière, teints de plusieurs couleurs, qui servaient aux voyageurs à serrer les matelas et les couvertures. Elle en sortit aux yeux du Romain charmé. Il nous semble qu'étant mince et de petite taille, elle avait meilleure grâce, et qu'une stature de déesse n'est pas ce qu'il faut pour plaire au sortir d'un sac. Nous n'avons point de portrait authentique de Cléopâtre et le visage de la reine n'a pas laissé le moindre reflet sur cette vaste terre où il causa tant de deuils et de malheurs. Cléopâtre est représentée plusieurs fois, il est vrai, avec son fils Ptolémée Césarion, sur les bas-reliefs du temple de Dendérah. Mais ce sont là des figures hiératiques, d'un art traditionnel, dont le type, fixé longtemps d'avance, ne laissait point de place à l'imitation de la nature. Dans cette déesse Hathor, dans cette déesse Isis, aux cheveux nattés, debout, rigide, la tunique collée au corps, comment reconnaître la folle amoureuse qui courait la nuit avec Antoine les bouges de Rhaleotis et se mêlait aux rixes des matelots ivres? Quant au joli moulage que l'on voit souvent dans les ateliers, il n'y faut pas chercher davantage le profil de la belle Lagide. « Ce bas-relief, nous dit M. Henry Houssaye, découvert, je crois, en 1862, ne portait aucune inscription. Un égyptologue s'amuse à y graver le cartouche de Cléopâtre, et c'est ainsi qu'on le vend partout, depuis, comme l'image authentique de la dernière reine d'Égypte. »

Il y a des médailles de Cléopâtre ; les numismates en comptent quinze de types différents. Elles sont pour la plupart d'une mauvaise gravure. Toutes représentent Cléopâtre avec des traits gros et durs, un nez extrêmement long.

On sait le mot profond de Pascal : « Le nez de Cléopâtre, s'il avait été plus court, toute la face de la terre aurait été changée. » Ce nez était démesuré, si l'on en croit les médailles, mais nous ne les en croirons pas. En vain, on nous mettra sous les yeux tous les médailliers de la Bibliothèque nationale, du British Museum et du Cabinet de Vienne. Nous dirons que c'est là comme une de ces illusions de féerie, où tous les nez s'allongent à la fois sur tous les portraits, et nous nous moquerons de la numismatique qui se moque de nous. Le visage qui fit oublier à César l'empire du monde n'était point gâté par un nez ridicule.

Il est certain que César aima Cléopâtre. Le divin Jules avait plus de cinquante ans. Il avait épuisé toute la gloire et tous les plaisirs et tiré de la vie tout ce qu'elle peut donner d'émotions violentes et de joies fortes. Son élégant visage avait pris la pâleur tranquille du marbre. Il semblait qu'un tel homme ne dût plus vivre que par l'intellligence. Pourtant, quoi qu'en dise M. Mommsen, il aima l'Égyptienne jusqu'à la folie. Car c'était une folie que de l'amener à Rome, et une plus grande folie que d'élever dans le temple de Vénus une statue à la divinité de Cléopâtre.

La Lagide habitait, à Rome, avec son fils et sa suite, la villa et les jardins de César qui s'étendaient sur la rive droite du Tibre. Le dictateur demeurait dans un des bâtiments publics de la voie Sacrée, mais il faisait de fréquentes visites à la villa, qui était aussi le rendez-vous de ses amis. C'est là que Marc-Antoine vit Cléopâtre pour la première fois. Elle recevait aussi Atticus et Cicéron, qui s'était réconcilié avec César. Cicéron était grand amateur de livres et d'antiquités. Rares en Italie, ces trésors abondaient à Alexandrie. Il demanda à Cléopâtre de lui faire venir quelques manuscrits et des vases canopes. Elle le lui promit bien volontiers et elle chargea de la commission un de ses officiers nommé Ammonius. Mais les livres ne vinrent pas et l'orateur en garda rancune à la reine. Dans ces heures romaines, Cléopâtre nous apparaît sous un aspect inattendu. Discrète, paisible, ayant banni le luxe asiatique, tout occupée des élégants travaux de l'esprit, c'est une belle Grecque, qui converse sous les térébinthes avec Cicéron. Le poignard de Brutus dissipa d'un coup cet enchantement de la villa du Tibre. César assassiné, Cléopâtre s'enfuit au milieu des scènes sanglantes des jours parricides et regagna l'Égypte.

C'est alors que va commencer la plus folle et la plus terrible des aventures d'amour, le roman d'Antoine et de Cléopâtre.

Théophile Gautier, avec un art merveilleux, nous l'a montrée Égyptienne et barbare. Mais c'était une Grecque. Elle l'était de naissance et de génie. Élevée dans les mœurs et dans les arts helléniques, elle avait la grâce, le bien dire, l'élégante familiarité, l'audace ingénieuse de sa race. Ni les dieux de l'Égypte ni les monstres de l'Afrique n'envahirent jamais son âme riante. Jamais elle ne s'endormit dans la morne majesté des reines orientales. Elle était Grecque encore par son goût exquis et par sa merveilleuse souplesse. Tout le temps qu'elle vécut à Rome, elle observa toutes les convenances, et, quand, après sa mort, les amis d'Auguste outragèrent sa mémoire avec la brutalité latine, ils ne purent rien lui reprocher qui eût trait à son séjour dans la villa de César. Elle avait donc été parfaite sous les pins et les térébinthes des jardins du Tibre.

Elle était Grecque, mais elle était reine ; reine et, par là, hors de la mesure et de l'harmonie, hors de cette fortune médiocre qui fut toujours dans les vœux des Grecs et qui n'entra dans ceux des poètes latins que littérairement et par servile imitation. Elle était reine et reine orientale, c'est-à-dire un monstre ; elle en fut châtiée par cette Némésis des dieux que les Grecs mettaient au-dessus de Zeus lui-même, parce qu'elle est en effet le sentiment du réel et du possible, l'entente des nécessités de la vie humaine. Faite pour les arts secrets du désir et de l'amour, amante et reine, à la fois dans la nature et dans la monstruosité, c'était une Chloé qui n'était point bergère.

Que des mouvements d'une chair exquise, que du souffle d'une bouche charmante dépende le sort du monde, c'est cela qui n'est point grec, c'est cela que la Némésis des dieux ne permet point. La mort de la dernière Lagide expia le crime d'Alexandre le Macédonien, ce Grec à demi barbare, ce Grec démesuré qui, soldat ivre, ouvrit à l'hellénisme l'Orient lascif et cruel. Ce n'est point que cette délicate

Cléopâtre manquât par elle-même du sentiment de la mesure et de l'harmonie. Elle garda
même l'instinct du vrai, du beau, du possible,
autant que le lui permit sa toute-puissance,
le crime héréditaire dans sa maison et l'ivresse
du monde plongé autour d'elle dans cette orgie
voluptueuse et scélérate où l'hellénisme cou-
doyait la barbarie. Son malheur singulier, sa
gloire effroyable fut d'être charmante, étant
souveraine, d'être Lesbie, Délie ou Leuconoé,
et de ne pouvoir ouvrir ses bras adorables sans
allumer des guerres.

La morale d'une Lagide était large, sans
doute, et les doux antiquaires ont quelque
peine à la mesurer sur les textes grecs et latins qu'ils étudient avec méthode. Pour ma
part, je ne rechercherai pas ce que Cléopâtre
jugeait permis ou défendu. Je pense qu'elle
estimait que beaucoup de choses lui étaient per-
mises. Ce qui est certain, c'est que, quand Antoine l'aima d'un amour orageux, elle opposa à
la foudre les éclairs d'un regard qui n'était point
terni et les ardeurs d'une chair que la débauche
n'avait point fatiguée. Nous savons qu'elle
aima le soldat de Pharsale et de Philippes ;

nous savons qu'elle l'aima jusqu'à la mort. Le reste est à jamais effacé comme les travaux obscurs de tant de milliards d'êtres qui naquirent, qui souffrirent et qui moururent sur cette planète, comme les troubles de tant d'amantes qui, dans le cours infini des âges, servirent ou trahirent l'amour, sans laisser même, ainsi que la jeune fille de Pompéi, l'empreinte de leur sein dans la cendre.

Avant Antoine, il semble bien que cette femme intelligente, ambitieuse, vindicative et fière, ait été plus reine qu'amante. Grand constructeur, comme les Pharaons et comme les Ptolémées, elle couvrait Alexandrie de monuments magnifiques. Elle tint tête fermement aux intrigues des eunuques, aux séditions domestiques et populaires, et rentra par une ruse audacieuse dans sa ville et dans son palais, dont elle avait été chassée. Elle réussit à tenir en suspens les droits de Rome sur son empire, et s'il est vrai qu'elle y employa sa beauté et son charme, il faut songer que cette beauté n'était point incomparable, et que ce charme, dont César éprouva la puissance, n'eût pas suffi sans beaucoup d'intelligence et de politique. Ce charme habilement dirigé lui assura Antoine après César. Mais, cette fois, elle se trouva l'associée d'un soldat condamné à posséder seul le monde, ou à n'avoir plus une pierre où poser sa tête.

La partie était grande et douteuse. Pour la bien jouer, il fallait du sang-froid. Marc-Antoine n'en avait jamais montré beaucoup. Elle lui ôta le peu qu'il en possédait; elle le rendit tout à fait fou, elle devint aussi folle que lui et tous deux ils luttèrent pour l'empire et la vie dans les intervalles lucides que leur laissait cette démence que les Grecs ont bien connue, puisqu'ils l'ont décrite comme une maladie des sens et de l'âme, comparable au mal sacré par la violence des accès et la profondeur de la mélancolie.

Le premier tort d'Antoine et de Cléopâtre fut de mépriser leur ennemi; cet adolescent malingre, bègue, poltron, cruel et plus froid, plus insensible quand il rasait sa première barbe, que les plus graves politiques blanchis dans les affaires. Il fallut combattre. Ce fut la guerre du renard et du lion. Le lion avait la part du lion, toutes les provinces de l'Orient jusqu'à l'Illyrie, et le petit renard, l'enfant rusé, Octave, ne possédait que l'Italie ruinée et consternée, et l'Espagne, la Gaule, la Sicile, l'Afrique en armes contre lui. Tant de javelots tournés contre un lâche ! Mais ce lâche était un ambitieux patient, c'est-à-dire la plus grande force du monde.

Marc-Antoine, dans la maturité de l'âge, était le premier soldat de l'empire, depuis la mort de César. Il avait, pour ses débuts, écrasé les Juifs révoltés. Il avait secondé le grand Jules en Gaule, dans la Haute-Italie, en Illyrie. Il commandait l'aile droite des césariens à Pharsale. Battu à Modène, il avait remporté la victoire décisive de Philippes. Bien qu'il n'eût ni la prudence ni la vue claire de César, César l'estimait comme son meilleur lieutenant. Seul et livré à lui-même, Antoine péchait par la méthode. Il n'en possédait pas moins certaines belles parties de l'homme de guerre. Il avait la grande psychologie militaire, la connaissance de l'âme du soldat. Il se faisait aimer, il se faisait suivre. Il était impétueux, entraînant, irrésistible. La confiance qu'il avait en lui-même, il l'inspirait à ses hommes.

Grandement joyeux, il leur communiquait cette gaieté qui fait oublier les souffrances, les dangers, et qui double les forces. Il buvait et mangeait avec eux ; il disait des mots qui les faisaient rire. Les légionnaires l'admiraient. Il ne faut pas juger Antoine par les Philippiques que Cicéron prononça contre lui ; Cicéron était avocat, et, de plus, c'était, en politique, un modéré de l'espèce la plus violente. A cela près, un honnête homme et un grand lettré. Antoine n'était pas le grossier soldat, le belluaire insolent, j'allais dire « la trogne à épée » que l'orateur nous montre. Il avait de l'esprit, précisément dans le sens où nous prenons le terme aujourd'hui, de l'esprit de mots, car, pour ce qui est de l'esprit de conduite, il en manqua toujours, et Cléopâtre ne lui en donna pas. Loin d'être un homme inculte, il avait étudié l'éloquence en Grèce. Sa parole n'avait pas l'élégante correction de celle de César : elle était imagée et disproportionnée. C'était ce que nous appellerions maintenant une éloquence romantique. Il aimait, dit Plutarque, ce style asiatique, alors fort recherché, et qui répondait à sa vie fastueuse, pleine

d'ostentation, sujette à d'effroyables inéga-
lités.

Plutarque dit bien : en tout, Antoine aimait
à la folie le style asiatique et la pompe orientale. Son front bas et sa barbe épaisse, sa mâle
et forte structure lui donnaient quelque res-
semblance avec les images du fabuleux Hercule
de qui il prétendait descendre, mais c'est sur-
tout Bacchus, le Bacchus indien, qu'il se plaisait à rappeler par ses riches cortèges et par
ses chars attelés de lions. Il entra dans Éphèse
précédé de femmes vêtues en bacchantes et
d'adolescents portant le nébride des pans et
des satyres. On ne voyait dans toute la ville
que thyrses couronnés de lierre, on n'enten-
dait que le son des flûtes et des syrinx, et les
cris qui saluaient le nouveau Bacchus bienfai-
sant et plein de douceur. Certes, il eut sa part de
l'atroce férocité commune aux Romains de ces
temps scélérats. Mais il ne se montra jamais,
comme Octave, froidement cruel. Il était libé-
ral, magnifique et capable de sentiments déli-
cats et généreux. En Grèce, les ennemis l'a-
vouent, il rendit la justice avec clémence et se
montra jaloux d'être nommé l'ami des Grecs et

plus encore des Athéniens. Après la victoire de Philippes, il posa sa propre cuirasse sur le cadavre sanglant de Brutus, afin d'honorer en soldat les funérailles du vaincu. Quand, dans les jours sombres, Æhnobarbus, son vieux compagnon, l'abandonna la veille de la bataille, pour passer à Octave, il renvoya à celui qui avait été si longtemps son ami ses équipages et tout ce qui lui appartenait, et l'on dit qu'accablé par cette générosité Æhnobarbus mourut de douleur et de honte.

Antoine était l'esclave des femmes. Son fastueux amour pour la courtisane Cytheris avait indigné les Romains. L'âcre et violente Fulvie faisait trembler cet Hercule. Plus tard il se montra sensible à la chaste beauté d'Octavie. Il les aimait avec violence, et il les aimait en même temps avec esprit. Ce qui est infiniment plus rare. « Il avait, dit Plutarque, de la grâce et de la gaieté dans ses amours. » Voilà l'homme qui cita Cléopâtre devant son tribunal à Tarse. C'était lui l'Asiatique et l'Oriental. Sans être capable d'un grand dessein longuement suivi, il rêvait l'empire d'Orient, avec quelque immense ville barbare pour capitale.

Il aimait l'Orient, ses trésors, ses monstres, ses voluptés, ses splendeurs, ses parfums, sa poésie.

Le bon Plutarque ne se trompait pas : Marc Antoine avait de l'agrément et de la gaieté dans ses amours. C'est lui qui imagine les folies de la Vie Inimitable, les déguisements de nuit, les parties de pêche sur le Nil, les fêtes prodigieuses.

La Vie Inimitable fut interrompue par la guerre de Pérouse et par le mariage d'Antoine avec Octavie. Elle reprit plus ardente et plus frénétique au retour de l'infidèle et fatal amant.

Puis ce fut la guerre. Actium et cette fuite soudaine de Cléopâtre au milieu de la bataille, cette fuite, inexpliquée encore, que l'amiral Jurien de la Gravière considère comme une manœuvre habile.

A Alexandrie, Antoine, déshonoré et perdu, montre encore un esprit d'une fantaisie extraordinaire. Il se bâtit sur la jetée, dans la mer, une cabane qu'il nomme son Timonium et où il veut vivre seul, à l'exemple de Timon d'Athènes. Il se dit misanthrope, et c'est un misan-

thrope pittoresque et romantique, le misanthrope de la passion. Puis sa cabane et sa
solitude l'ennuient. Il revoit la reine et forme
avec elle une société plus mélancolique, mais
non pas moins fastueuse que celle des Inimitables, la compagnie de ceux qui veulent mourir
ensemble, les synapothanumènes.

Cléopâtre mourut plutôt que d'être traînée
dans le triomphe d'Octave. On l'aimait à Alexandrie et ses statues ne furent point renversées
après sa mort. C'est donc qu'elle n'était pas
méchante. Et puis il ne faut pas oublier que la
beauté est une des vertus de ce monde.

II

Les indications bibliographiques qui suivent
sont tirées de l'histoire des œuvres de Théophile
Gautier, que M. le vicomte de Spœlberg de
Lovenjoul a composée avec tant de zèle et de
savoir.

Une nuit de Cléopâtre. La Presse, 29 et 30 no-
vembre; 1, 2, 4 et 6 décembre 1838. Cette

nouvelle reparut pour la première fois en 1839, après *Une larme du Diable*; elle entra ensuite, en 1845, dans les *Nouvelles* de Théophile Gautier, volume dont elle n'est plus sortie. La fin du chapitre II se termine dans la *Presse* par ces mots : « Dans quel dessein? » La fin du douzième paragraphe du chapitre IV était primitivement différente; voici sa première version :

« Quant à Méiamoun, il avait le teint ardent et lumineux d'un homme dans l'extase ou dans la vision; on voyait qu'il se disait en lui-même comme le héros d'une pièce moderne :

Donc je marche vivant dans mon rêve étoilé[1]. »

Un opéra en trois actes, extrait de cette nouvelle, a été écrit par M. P. J. Barbier pour Victor Massé. Il n'a été représenté que le 25 avril 1885.

L'éditeur Ferroud, qui a déjà puisé dans les *Nouvelles* de Th. Gautier *le Roi Candaule* pour en faire une édition de grand luxe que les bibliophiles ont si bien accueillie, donne aujourd'hui

1. *Ruy Blas.*

un pendant à cette belle publication en faisant paraître la *Nuit de Cléopâtre*. Il a cru ne pouvoir mieux faire que d'en confier encore l'illustration à M. Paul Avril, dont les compositions du *Roi Candaule* ont été si appréciées.

ANATOLE FRANCE.

I

ll y a, au moment où nous écrivons cette ligne, dix-neuf cents ans environ, qu'une cange magnifiquement dorée et peinte descendait le Nil avec toute la rapidité que pouvaient lui donner cinquante rames longues et plates rampant sur l'eau égratignée comme les pattes d'un scarabée gigantesque.

Cette cange était étroite, de forme allongée, relevée par les deux bouts en forme de corne de lune naissante, svelte de proportions et merveilleusement taillée pour la marche ; une tête de bélier surmontée d'une boule d'or armait la pointe de la proue, et montrait que l'embarcation appartenait à une personne de race royale.

Au milieu de la barque s'élevait une cabine à toit plat, une espèce de *naos* ou tente d'honneur, coloriée et dorée, avec une moulure à palmettes et quatre petites fenêtres carrées.

Deux chambres également couvertes d'hiéroglyphes occupaient les extrémités du croissant ; l'une d'elles, plus vaste que l'autre, avait un étage juxtaposé de moindre hauteur, comme les châteaux-gaillards de ces bizarres galères du seizième siècle dessinées par Della Bella ; la plus petite, qui servait de logement au pilote, se terminait en fronton triangulaire.

Le gouvernail était fait de deux immenses

avirons ajustés sur des pieux bariolés, et s'allongeant dans l'eau derrière la barque comme les pieds palmés d'un cygne ; des têtes coiffées du *pschent*, et portant au menton la corne allégorique, étaient sculptées à la poignée de ces grandes rames que faisait manœuvrer le pilote debout sur le toit de la cabine.

C'était un homme basané, fauve comme du bronze neuf, avec des luisants bleuâtres et miroitants, l'œil relevé par les coins, les cheveux très noirs et tressés en cordelettes, la bouche épanouie, les pommettes saillantes, l'oreille détachée du crâne, le type égyptien dans toute sa pureté. Un pagne étroit bridant sur les cuisses et cinq ou six tours de verroteries et d'amulettes composaient tout son costume.

Il paraissait le seul habitant de la cange, car les rameurs, penchés sur leurs avirons et cachés par le plat-bord, ne se faisaient deviner que par le mouvement symétrique des rames ouvertes en côtes d'éventail à chaque flanc de la barque, et retombant dans le fleuve après un léger temps d'arrêt.

Aucun souffle d'air ne faisait trembler l'atmosphère, et la grande voile triangulaire de la cange, assujettie et ficelée avec une corde de soie autour du mât abattu, montrait que l'on avait renoncé à tout espoir de voir le vent s'élever.

Le soleil du midi décochait ses flèches de plomb; les vases cendrées des rives du fleuve lançaient de flamboyantes réverbérations; une lumière crue, éclatante et poussiéreuse à force d'intensité, ruisselait en torrents de flamme, l'azur du ciel blanchissait de chaleur comme un métal à la fournaise; une brume ardente et rousse fumait à l'horizon incendié. Pas un nuage ne tranchait sur ce ciel invariable et morne comme l'éternité.

L'eau du Nil, terne et mate, semblait s'endormir dans son cours et s'étaler en nappes d'étain fondu. Nulle haleine ne ridait sa surface et n'inclinait sur leurs tiges les calices de lotus, aussi roides que s'ils eussent été sculptés; à peine si de loin en loin le saut d'un bechir ou d'un fahaka, gonflant son ventre, y

faisait miroiter une écaille d'argent, et les avirons de la cange semblaient avoir peine à dé-
chirer la pellicule fuligineuse de cette eau figée.
Les rives étaient désertes; une tristesse immense et solennelle pesait sur cette terre, qui
ne fut jamais qu'un grand tombeau, et dont les
vivants semblent ne pas avoir eu d'autre occupation que d'embaumer les morts. Tristesse
aride, sèche comme la pierre ponce, sans mélancolie, sans rêverie, n'ayant point de nuage
gris de perle à suivre à l'horizon, pas de source
secrète où baigner ses pieds poudreux; tristesse de sphinx ennuyé de regarder perpétuel-
lement le désert, et qui ne peut se détacher du
socle de granit où il aiguise ses griffes depuis
vingt siècles.

Le silence était si profond, qu'on eût dit que
le monde fût devenu muet, ou que l'air eût
perdu la faculté de conduire le son. Le seul
bruit qu'on entendît, c'était le chuchotement et
les rires étouffés des crocodiles pâmés de chaleur qui se vautraient dans les joncs du fleuve,
ou bien quelque ibis qui, fatigué de se tenir

debout, une patte repliée sous le ventre et le cou entre les épaules, quittait sa pose immobile, et, fouettant brusquement l'air bleu de ses ailes blanches, allait se percher sur un obélisque ou sur un palmier.

La cange filait comme la flèche sur l'eau du fleuve, laissant derrière elle un sillage argenté qui se refermait bientôt; et quelques globules écumeux, venant crever à la surface, témoignaient seuls du passage de la barque, déjà hors de vue.

Les berges du fleuve, couleur d'ocre et de saumon, se déroulaient rapidement comme des bandelettes de papyrus entre le double azur du ciel et de l'eau, si semblables de ton que la mince langue de terre qui les séparait semblait une chaussée jetée sur un immense lac, et qu'il eût été difficile de décider si le Nil réfléchissait le ciel, ou si le ciel réfléchissait le Nil.

Le spectacle changeait à chaque instant : tantôt c'étaient de gigantesques propylées qui venaient mirer au fleuve leurs murailles en talus, plaquées de larges panneaux de figures bizarres; des pylônes aux chapiteaux évasés, des rampes côtoyées de grands sphinx accroupis, coiffés du bonnet à barbe cannelée, et croisant sous leurs mamelles aiguës leurs pattes de basalte noir; des palais démesurés faisant saillir sur l'horizon les lignes horizontales et sévères de leur entablement, où le globe emblématique ouvrait ses ailes mystérieuses comme un aigle à l'envergure démesurée; des temples aux colonnes énormes, grosses comme des tours, où se détachaient sur un fond d'éclatante blancheur des processions de figures hiéroglyphiques; toutes les prodigiosités de cette architecture de Titans : tantôt des paysages d'une aridité désolante; des collines formées par de petits éclats de pierre provenant des fouilles et des constructions, miettes de cette gigantesque débauche de granit qui dura plus de trente siècles; des montagnes exfoliées de chaleur, déchiquetées et zébrées de rayures noires, semblables aux cautérisations d'un incendie; des tertres bossus et difformes, accroupis comme le criocéphale des tombeaux, et dé-

éoupant au bord du ciel leur attitude contre-
faite ; des marnes verdâtres, des ocres roux, des
tufs d'un blanc farineux, et de temps à autre
quelque escarpement de marbre couleur rose-
sèche, où bâillaient les bouches noires des car-
rières. Cette aridité n'était tempérée par rien :
aucune oasis de feuillage ne rafraîchissait le
regard ; le vert semblait une couleur inconnue
dans cette nature ; seulement de loin en loin
un maigre palmier s'épanouissait à l'horizon,
comme un crabe végétal ; un nopal épineux
brandissait ses feuilles acérées comme des
glaives de bronze ; un carthame, trouvant un
peu d'humidité à l'ombre d'un tronçon de
colonne, piquait d'un point rouge l'uniformité
générale.

Après ce coup d'œil rapide sur l'aspect du
paysage, revenons à la cange aux cinquante
rameurs, et, sans nous faire annoncer, entrons
de plain-pied dans la naos d'honneur.

L'intérieur était peint en blanc, avec des
arabesques vertes, des filets de vermillon et des
fleurs d'or de forme fantastique ; une natte de

A.FERROUD ÉDITEUR

Imp Wittmann

joncs d'une finesse extrême recouvrait le plancher; au fond s'élevait un petit lit à pieds de griffon, avec un dossier garni comme un canapé ou une causeuse moderne, un escabeau à quatre marches pour y monter, et, recherche assez singulière dans nos idées confortables, une espèce d'hémicycle en bois de cèdre monté sur un pied, destiné à embrasser le contour de la nuque et à soutenir la tête de la personne couchée.

Sur cet étrange oreiller reposait une tête bien charmante, dont un regard fit perdre la moitié du monde, une tête adorée et divine, la femme la plus complète qui ait jamais existé, la plus femme et la plus reine, un type admirable auquel les poètes n'ont pu rien ajouter, et que les songeurs trouvent toujours au bout de leurs rêves : il n'est pas besoin de nommer Cléopâtre.

Auprès d'elle, Charmion, son esclave favorite, balançait un large éventail de plumes d'ibis; une jeune fille arrosait d'une pluie d'eau de senteur les petites jalousies de roseaux qui

2

garnissaient les fenêtres de la naos, pour que l'air n'y arrivât qu'imprégné de fraîcheur et de parfums.

Près du lit de repos, dans un vase d'albâtre rubané, au goulot grêle, à la tournure effilée et svelte, rappelant vaguement un profil de héron, trempait un bouquet de fleurs de lotus, les unes d'un bleu céleste, les autres d'un rose tendre, comme le bout des doigts d'Isis, la grande déesse.

Cléopâtre, ce jour-là, par caprice ou par politique, n'était pas habillée à la grecque ; elle venait d'assister à une panégyrie, et elle retournait à son palais d'été dans la cange, avec le costume égyptien qu'elle portait à la fête.

Nos lectrices seront peut-être curieuses de savoir comment la reine Cléopâtre était habillée en revenant de la Mammisi d'Hermonthis où l'on adore la triade du dieu Mandou, de la déesse Ritho et de leur fils Harphré ; c'est une satisfaction que nous pouvons leur donner.

La reine Cléopâtre avait pour coiffure une espèce de casque d'or très léger formé par le

corps et les ailes de l'épervier sacré ; les ailes,
rabattues en éventail de chaque côté de la tête,
couvraient les tempes, s'allongeaient presque
sur le cou, et dégageaient par une petite échan-
crure une oreille plus rose et plus délicatement
enroulée que la coquille d'où sortit Vénus que
les Égyptiens nomment Hâtor ; la queue de
l'oiseau occupait la place où sont posés les
chignons de nos femmes ; son corps, couvert
de plumes imbriquées et peintes de différents
émaux, enveloppait le sommet du crâne, et
son cou, gracieusement replié vers le front,
composait avec la tête une manière de corne
étincelante de pierreries ; un cimier symbolique
en forme de tour complétait cette coiffure élégante, quoique bizarre. Des cheveux noirs
comme ceux d'une nuit sans étoiles s'échap-
paient de ce casque et filaient en longues tresses
sur de blondes épaules, dont une collerette ou
hausse-col, orné de plusieurs rangs de serpen-
tine, d'azerodrach et de chrysobéril, ne laissait,
hélas ! apercevoir que le commencement ; une
robe de lin à côtes diagonales, — un brouillard

d'étoffe, de l'air tramé, *ventus textilis*, comme dit Pétrone, — ondulait en blanche vapeur autour d'un beau corps dont elle estompait mollement les contours. Cette robe avait des demi-manches justes sur l'épaule, mais évasées vers le coude comme nos manches à sabot, et permettait de voir un bras admirable et une main parfaite, le bras serré par six cercles d'or et la main ornée d'une bague représentant un scarabée. Une ceinture, dont les bouts noués retombaient par devant, marquait la taille de cette tunique flottante et libre; un mantelet garni de franges achevait la parure, et, si quelques mots barbares n'effarouchent point des oreilles parisiennes, nous ajouterons que cette robe se nommait *schenti* et le mantelet *calasiris*.

Pour dernier détail, disons que la reine Cléopâtre portait de légères sandales fort minces, recourbées en pointe et rattachées sur le cou-de-pied comme les souliers à la poulaine des châtelaines du moyen âge.

La reine Cléopâtre n'avait cependant pas

l'air de satisfaction d'une femme sûre d'être parfaitement belle et parfaitement parée; elle se retournait et s'agitait sur son petit lit, et ses mouvements assez brusques dérangeaient à chaque instant les plis de son *conopeum* de gaze que Charmion rajustait avec une patience inépuisable, sans cesser de balancer son éventail.

« L'on étouffe dans cette chambre, dit Cléopâtre; quand même Phtha, dieu du feu, aurait établi ses forges ici, il ne ferait pas plus chaud; l'air est comme une fournaise. » Et elle passa sur ses lèvres le bout de sa petite langue, puis étendit la main comme un malade qui cherche une coupe absente.

Charmion, toujours attentive, frappa des mains; un esclave noir, vêtu d'un tonnelet plissé comme la jupe des Albanais et d'une peau de panthère jetée sur l'épaule entra avec la rapidité d'une apparition, tenant en équilibre sur la main gauche un plateau chargé de tasses et de tranches de pastèques, et dans la droite un vase long muni d'un goulot comme une théière.

L'esclave remplit une des coupes en versant de haut avec une dextérité merveilleuse, et la plaça devant la reine. Cléopâtre toucha le breuvage du bout des lèvres, le reposa à côté d'elle, et, tournant vers Charmion ses beaux yeux noirs, onctueux et lustrés par une vive étincelle de lumière :

« O Charmion ! dit-elle, je m'ennuie. »

II

Charmion, pressentant une confidence, fit une mine d'assentiment doulou-reux et se rapprocha de sa maîtresse.

« Je m'ennuie horriblement, reprit Cléopâtre en laissant pendre ses bras comme découra-

gée et vaincue; cette Égypte m'anéantit et
m'écrase; ce ciel, avec son azur implacable, est
plus triste que la nuit profonde de l'Érèbe :
jamais un nuage! jamais une ombre, et toujours ce soleil rouge, sanglant, qui vous re-
garde comme l'œil d'un cyclope! Tiens, Charmion, je donnerais une perle pour une goutte
de pluie! De la prunelle enflammée de ce ciel
de bronze il n'est pas encore tombé une seule
larme sur la désolation de cette terre; c'est un
grand couvercle de tombeau, un dôme de né-
cropole, un ciel mort et desséché comme les
momies qu'il recouvre; il pèse sur mes épaules
comme un manteau trop lourd; il me gêne et
m'inquiète; il me semble que je ne pourrais
me lever toute droite sans m'y heurter le front;
et puis, ce pays est vraiment un pays effrayant;
tout y est sombre, énigmatique, incompréhen-
sible! L'imagination n'y produit que des chimères monstrueuses et des mouvements démesurés; cette architecture et cet art me font peur;
ces colosses, que leurs jambes engagées dans la
pierre condamnent à rester éternellement assis

les mains sur les genoux, me fatiguent de leur immobilité stupide; ils obsèdent mes yeux et mon horizon. Quand viendra donc le géant qui doit les prendre par la main et les relever de leur faction de vingt siècles? Le granit lui-même se lasse à la fin! Quel maître attendent-ils donc pour quitter la montagne qui leur sert de siège et se lever en signe de respect? de quel troupeau invisible ces grands sphinx accroupis comme des chiens qui guettent sont-ils les gardiens, pour ne fermer jamais la paupière et tenir toujours la griffe en arrêt? qu'ont-ils donc à fixer si opiniâtrément leurs yeux de pierre sur l'éternité et l'infini? quel secret étrange leurs lèvres serrées retiennent-elles dans leur poitrine? A droite, à gauche, de quelque côté que l'on se tourne, ce ne sont que des monstres affreux à voir, des chiens à tête d'homme, des hommes à tête de chien, des chimères nées d'accouplements hideux dans la profondeur ténébreuse des syringes, des Anubis, des Typhons, des Osiris, des éperviers aux yeux jaunes qui semblent vous traverser de leurs regards

inquisiteurs et voir au delà de vous des choses
que l'on ne peut redire; — une famille d'animaux et de dieux horribles aux ailes écaillées,
au bec crochu, aux griffes tranchantes, toujours
prêts à vous dévorer et à vous saisir, si vous
franchissez le seuil du temple et si vous levez
le coin du voile!

« Sur les murs, sur les colonnes, sur les plafonds, sur les planchers, sur les palais et sur
les temples, dans les couloirs et les puits les
plus profonds des nécropoles, jusqu'aux en-
trailles de la terre, où la lumière n'arrive pas,
où les flambeaux s'éteignent faute d'air, et partout, et toujours, d'interminables hiéroglyphes
sculptés et peints, racontant en langage inin-
telligible des choses que l'on ne sait plus et
qui appartiennent sans doute à des créations
disparues; prodigieux travaux enfouis, où
tout un peuple s'est usé à écrire l'épitaphe d'un
roi! Du mystère et du granit, voilà l'Égypte;
*beau pays pour une jeune femme et une jeune
reine!*

« L'on ne voit que symboles menaçants et

funèbres, des *pedum*, des tau, des globes allé-
goriques, des serpents enroulés, des balances
où l'on pèse les âmes, — l'inconnu, la mort, le
néant! Pour toute végétation des stèles bario-
lées de caractères bizarres ; pour allées d'arbres,
des avenues d'obélisques de granit; pour sol,
d'immenses pavés de granit dont chaque montagne ne peut fournir qu'une seule dalle; pour
ciel, des plafonds de granit : — l'éternité pal-
pable, un amer perpétuel sarcasme contre la
fragilité et la brièveté de la vie! — des escaliers faits pour des enjambées de Titan, que le
pied humain ne saurait franchir et qu'il faut
monter avec des échelles; des colonnes que
cent bras ne pourraient entourer, des laby-
rinthes où l'on marcherait un an sans en trouver l'issue! — le vertige de l'énormité, l'ivresse
du gigantesque, l'effort désordonné de l'orgueil
qui veut graver à tout prix son nom sur la surface du monde!

« Et puis, Charmion, je te le dis, j'ai une pensée qui me fait peur; dans les autres contrées
de la terre on brûle les cadavres, et leur cendre

bientôt se confond avec le sol. Ici l'on dirait
que les vivants n'ont d'autre occupation que de
conserver les morts ; des baumes puissants les
arrachent à la destruction ; ils gardent tous leur
forme et leur aspect ; l'âme évaporée, la dé-
pouille reste, sous ce peuple il y a vingt peuples ; chaque ville a les pieds sur vingt étages
de nécropoles ; chaque génération qui s'en va
fait une population de momies à une cité ténébreuse : sous le père vous trouvez le grand-père
et l'aïeul dans leur boîte peinte et dorée, tels
qu'ils étaient pendant la vie, et vous fouilleriez
toujours que vous en trouveriez toujours !

« Quand je songe à ces multitudes emmail-
lottées de bandelettes, à ces myriades de spectres
desséchés qui remplissent les puits funèbres et
qui sont là depuis deux mille ans, face à face,
dans leur silence que rien ne vient troubler,
pas même le bruit que fait en rampant le ver
du sépulcre, et qu'on trouvera intacts après
deux autres mille ans, avec leurs chats, leurs
crocodiles, leurs ibis, tout ce qui a vécu en
même temps qu'eux, il me prend des terreurs,

et je me sens courir des frissons sur la peau.
Que se disent-ils, puisqu'ils ont encore des
lèvres, et que leur âme, si la fantaisie lui
prenait de revenir, trouverait leur corps dans
l'état où elle l'a quitté?

« L'Égypte est vraiment un royaume sinistre,
et bien peu fait pour moi, la rieuse et la folle;
tout y renferme une momie; c'est le cœur et
le noyau de toute chose. Après mille détours,
c'est là que vous aboutissez; les pyramides ca-
chent un sarcophage. Néant et folie que tout
cela. Éventrez le ciel avec de gigantesques
triangles de pierre, vous n'allongerez pas votre
cadavre d'un pouce. Comment se réjouir et
vivre sur une terre pareille, où l'on ne respire
pour parfum que l'odeur âcre du naphte et du
bitume qui bout dans les chaudières des em-
baumeurs, où le plancher de votre chambre
sonne le creux parce que les corridors des hypo-
gées et des puits mortuaires s'étendent jusque
sous votre alcôve? Être la reine des momies,
avoir pour causer ces statues roides et con-
traintes, c'est gai! Encore, si, pour tempérer

cette tristesse, j'avais quelque passion au cœur,
un intérêt à la vie, si j'aimais quelqu'un ou
quelque chose, si j'étais aimée! mais je ne le
suis point.

« Voilà pourquoi je m'ennuie, Charmion;
avec l'amour, cette Égypte aride et renfrognée
me paraîtrait plus charmante que la Grèce avec
ses dieux d'ivoire, ses temples de marbre blanc,
ses bois de lauriers-roses et ses fontaines d'eau
vive. Je ne songerais pas à la physionomie ba-
roque d'Anubis et aux épouvantements des
villes souterraines. »

Charmion sourit d'un air incrédule. « Ce ne
doit pas être là un sujet de chagrin pour vous;
car chacun de vos regards perce les cœurs
comme les flèches d'or d'Éros lui-même.

— Une reine, reprit Cléopâtre, peut-elle savoir si c'est le diadème ou le front que l'on
aime en elle? Les rayons de sa couronne sidérale éblouissent les yeux et le cœur, descendue
des hauteurs du trône, aurais-je la célébrité et
la vogue de Bacchide ou d'Archenassa, de la
première courtisane venue d'Athènes ou de

A FERROUD ÉDITEUR

23

Milet? Une reine, c'est quelque chose de si loin
des hommes, de si élevé, de si séparé, de si impossible! Quelle présomption peut se flatter de
réussir dans une pareille entreprise? Ce n'est
plus une femme, c'est une figure auguste et sacrée qui n'a point de sexe, et que l'on adore à
genoux sans l'aimer, comme la statue d'une
déesse. Qui a jamais été sérieusement épris
d'Hèré aux bras de neige, de Pallas aux yeux
vert de mer? qui a jamais essayé de baiser les
pieds d'argent de Thétis et les doigts de rose de
l'Aurore? quel amant des beautés divines a pris
des ailes pour voler vers les palais d'or du ciel?
Le respect et la terreur glacent les âmes en
notre présence, et pour être aimée de nos pa-
reils il faudrait descendre dans les nécropoles
dont je parlais tout à l'heure. »

Quoiqu'elle n'élevât aucune objection contre
les raisonnements de sa maîtresse, un vague
sourire errant sur les lèvres de l'esclave grecque faisait voir qu'elle ne croyait pas beaucoup
à cette inviolabilité de la personne royale.

« Ah! continua Cléopâtre, je voudrais qu'il

m'arrivât quelque chose, une aventure étrange,
inattendue! Le chant des poètes, la danse des
esclaves syriennes, les festins couronnés de
roses et prolongés jusqu'au jour, les courses
nocturnes, les chiens de Laconie, les lions privés, les nains bossus, les membres de la con-
frérie des inimitables, les combats du cirque,
les parures nouvelles, les robes de byssus, les
unions de perles, les parfums d'Asie, les re-
cherches les plus exquises, les somptuosités les
plus folles, rien ne m'amuse plus; tout m'est
indifférent, tout m'est insupportable!

— On voit bien, dit tout bas Charmion, que
la reine n'a pas eu d'amant et n'a fait tuer personne depuis un mois. »

Fatiguée d'une aussi longue tirade, Cléopâtre
prit encore une fois la coupe posée à côté d'elle,
y trempa ses lèvres, et, mettant sa tête sous
son bras avec un mouvement de colombe, s'ar-
rangea de son mieux pour dormir. Charmion
lui défit ses sandales et se mit à lui chatouiller
doucement la plante des pieds avec la barbe
d'une plume de paon; le sommeil ne tarda pas

à jeter sa poudre d'or sur les beaux yeux de la sœur de Ptolémée.

Maintenant que Cléopâtre dort, remontons sur le pont de la cange et jouissons de l'admirable spectacle du soleil couchant. Une large bande violette, fortement chauffée de tons roux vers l'occident, occupe toute la partie inférieure du ciel; en rencontrant les zones d'azur, la teinte violette se fond en lilas clair et se noie dans le bleu par une demi-teinte rose; du côté où le soleil, rouge comme un bouclier tombé des fournaises de Vulcain, jette ses ardents reflets, la nuance tourne au citron pâle, et produit des teintes pareilles à celles des turquoises. L'eau frisée par un rayon oblique a l'éclat mat d'une glace vue du côté du tain, ou d'une lame damasquinée; les sinuosités de la rive, les joncs, et tous les accidents du bord s'y découpent en traits fermes et noirs qui en font vivement ressortir la réverbération blanchâtre. A la faveur de cette clarté crépusculaire vous apercevrez là-bas, comme un grain de poussière tombé sur du vif-argent, un petit point brun qui tremble dans un réseau de filets lumineux. Est-ce une sarcelle qui plonge, une tortue qui se laisse aller à la dérive, un crocodile levant, pour respirer l'air moins brûlant du soir, le bout de son rostre squammeux, le ventre d'un hippopotame qui s'épanouit à fleur d'eau? ou bien encore quelque rocher laissé à découvert par la décroissance du fleuve? car le vieil Hopi-Mou, père des eaux, a bien besoin de remplir son urne tarie aux pluies du solstice dans les montagnes de la Lune.

Ce n'est rien de tout cela. Par les morceaux d'Osiris si heureusement recousus! c'est un homme qui paraît marcher et patiner sur l'eau... l'on peut voir maintenant la nacelle qui le soutient, une vraie coquille de noix, un poisson creusé, trois bandes d'écorce ajustées, une pour le fond et deux pour les plats-bords, le tout solidement relié aux deux pointes avec une corde engluée de bitume. Un homme se tient debout, un pied sur chaque bord de cette frêle machine, qu'il dirige avec un seul aviron qui sert en même temps de gouvernail, et, quoique la cange royale file rapidement sous l'effort de cinquante rameurs, la petite barque noire gagne visiblement sur elle.

Cléopâtre désirait un incident étrange, quelque chose d'inattendu; cette petite nacelle effilée, aux allures mystérieuses, nous a tout l'air de porter sinon une aventure, du moins un aventurier. Peut-être contient-elle le héros de notre histoire : la chose n'est pas impossible.

C'était, en tout cas, un beau jeune homme de vingt ans, avec des cheveux si noirs qu'ils paraissaient bleus, une peau blonde comme de l'or, et de proportions si parfaites, qu'on eût dit un bronze de Lysippe; bien qu'il ramât depuis longtemps, il ne trahissait aucune fatigue, et il n'avait pas sur le front une seule perle de sueur. Le soleil plongeait sous l'horizon, et sur son disque échancré se dessinait la silhouette brune d'une ville lointaine que l'œil n'aurait pu discerner sans cet accident de lumière; il s'éteignit bientôt tout à fait, et les étoiles, belles de nuit du ciel, ouvrirent leur calice d'or dans l'azur du firmament. La cange royale, suivie de près par la petite nacelle, s'arrêta près d'un escalier de marbre noir, dont chaque marche supportait un de ces sphynx haïs de Cléopâtre. C'était le débarcadère du palais d'été.

Cléopâtre, appuyée sur Charmion, passa rapidement comme une vision étincelante entre une double haie d'esclaves portant des fanaux.

Le jeune homme prit au fond de la barque une grande peau de lion, la jeta sur ses épaules, sauta légèrement à terre, tira la nacelle sur la berge et se dirigea vers le palais.

III

Qu'est-ce que ce jeune homme qui, debout sur un morceau d'écorce se permet de suivre la cange royale, et qui peut lutter de vitesse contre cinquante rameurs, du pays de Kousch, nus jusqu'à la ceinture et

frottés d'huile de palmier? Quel intérêt le pousse
et le fait agir? Voilà ce que nous sommes obligé
de savoir en notre qualité de poète doué du
don d'intuition, et pour qui tous les hommes
et même toutes les femmes, ce qui est plus
difficile, doivent avoir au côté la fenêtre que
réclamait Momus.

Il n'est peut-être pas très aisé de retrouver ce
que pensait, il y a tantôt deux mille ans, un
jeune homme de la terre de Kémé qui suivait la
barque de Cléopâtre, reine et déesse Évergète,
revenant de la Mammisi d'Hermonthis. Nous
essayerons cependant.

Meïamoun, fils de Mandouschopsch, était un
jeune homme d'un caractère étrange; rien de
ce qui touche le commun des mortels ne faisait
impression sur lui; il semblait d'une race plus
haute, et l'on eût dit le produit de quelque adul-
tère divin. Son regard avait l'éclat et la fixité
d'un regard d'épervier, et la majesté sereine
siégeait sur son front comme sur un piédestal
de marbre; un noble dédain arquait sa lèvre su-
périeure et gonflait ses narines comme celles

d'un cheval fougueux ; quoiqu'il eût presque la grâce délicate d'une jeune fille, et que Dionysius, le dieu efféminé, n'eût pas une poitrine plus ronde et plus polie, il cachait sous cette molle apparence des nerfs d'acier et une force herculéenne ; singulier privilège de certaines natures antiques de réunir la beauté de la femme à la force de l'homme.

Quant à son teint, nous sommes obligé d'avouer qu'il était fauve comme une orange, couleur contraire à l'idée *blanche* et *rose* que nous avons de la beauté ; ce qui ne l'empêchait pas d'être un fort charmant jeune homme, très recherché par toute sorte de femmes jaunes, rouges, cuivrées, bistrées, dorées, et même par plus d'une blanche Grecque.

D'après ceci, n'allez pas croire que Meïamoun fût un homme à bonnes fortunes : les cendres du vieux Priam, les neiges d'Hippolyte lui-même n'étaient pas plus insensibles et plus froides ; le jeune néophyte en tunique blanche, qui se prépare à l'initiation des mystères d'Isis, ne mène pas une vie plus chaste ; la jeune fille qui transit à l'ombre glaciale de sa mère n'a pas cette pureté craintive.

Les plaisirs de Meïamoun, pour un jeune homme de si farouche approche, étaient cependant d'une singulière nature : il partait tranquillement le matin avec son petit bouclier de cuir d'hippopotame, son *harpé* ou sabre à lame courbe, son arc triangulaire et son carquois en peau de serpent, rempli de flèches barbelées ; puis il s'enfonçait dans le désert, et faisait galoper sa cavale aux jambes sèches, à la tête étroite, à la crinière échevelée, jusqu'à ce qu'il trouvât une trace de lionne : cela le divertissait beaucoup d'aller prendre les petits lionceaux sous le ventre de leur mère. En toutes choses il n'aimait que le périlleux ou l'impossible ; il se plaisait fort à marcher dans des sentiers impraticables, à nager dans une eau furieuse, et il eût choisi pour se baigner dans le Nil précisément l'endroit des cataractes : l'abîme l'appelait.

Tel était Meïamoun, fils de Mandouschopsch.

Depuis quelque temps son humeur était de-

venue encore plus sauvage ; il s'enfonçait des
mois entiers dans l'océan de sables et ne repa-
raissait qu'à de rares intervalles. Sa mère inquiète se penchait vainement du haut de sa
terrasse et interrogeait le chemin d'un œil infatigable. Après une longue attente, un petit
nuage de poussière tourbillonnait à l'horizon ;
bientôt le nuage crevait et laissait voir Meïamoun couvert de poussière sur sa cavale maigre
comme une louve, l'œil rouge et sanglant, la na-
rine frémissante, avec des cicatrices au flanc, cicatrices qui n'étaient pas des marques d'éperon.

Après avoir pendu dans sa chambre quelque
peau d'hyène ou de lion, il repartait.

Et cependant personne n'eût pu être plus
heureux que Meïamoun ; il était aimé de Nephté,
la fille du prêtre Afomouthis, la plus belle personne du nome d'Arsinoïte. Il fallait être Meïamoun pour ne pas voir que Nephté avait des
yeux charmants relevés par les coins avec une
indéfinissable expression de volupté, une bouche où scintillait un rouge sourire, des dents
blanches et limpides, des bras d'une rondeur

exquise et des pieds plus parfaits que les pieds de jaspe de la statue d'Isis : assurément il n'y avait pas dans toute l'Égypte une main plus petite et des cheveux plus longs. Les charmes de Nephté n'eussent été effacés que par ceux de Cléopâtre. Mais qui pourrait songer à aimer Cléopâtre? Ixion, qui fut amoureux de Junon, ne serra dans ses bras qu'une nuée, et il tourne éternellement sa roue aux enfers.

C'était Cléopâtre qu'aimait Meïamoun !

Il avait d'abord essayé de dompter cette passion folle; il avait lutté corps à corps avec elle; mais on n'étouffe pas l'amour comme on étouffe

un lion, et les plus
vigoureux athlètes ne
sauraient rien y faire.
La flèche était retée
dans la plaie et il la traî-
nait partout avec lui;
l'image de Cléopâtre radieuse et splendide sous
son diadème à pointe d'or, seule debout dans sa
pourpre impériale au milieu d'un peuple age-
nouillé, rayonnait dans sa veille et dans son
rêve; comme l'imprudent qui a regardé le
soleil et qui voit toujours une tache insaisis-
sable voltiger devant lui, Meïamoun voyait toujours Cléopâtre. Les aigles peuvent contempler
le soleil sans être éblouis, mais quelle prunelle de diamant pourrait se fixer impuné-

ment sur une belle femme, sur une belle reine?

Sa vie était d'erer autour des demeures royales pour respirer le même air que Cléo-pâtre, pour baiser sur le sable, bonheur, hélas! bien rare, l'empreinte, à demi effacée de son pied; il suivait les fêtes sacrées et les pané-gyries, tâchant de saisir un rayon de ses yeux, de dérober au passage un des mille aspects de sa beauté, Quelquefois la honte le prenait de cette existence insensée; il se livrait à la chasse avec un redoublement de furie, et tâchait de mâter par la fatigue l'ardeur de son sang et la fougue de ses désirs.

Il était allé à la panégyrie d'Hermonthis, et, dans le vague espoir de revoir la reine un ins-tant lorsqu'elle débarquerait au palais d'été, il avait suivi la cange dans sa nacelle, sans s'inquiéter des âcres morsures du soleil par une chaleur à faire fondre en sueur de lave les sphinx haletants sur leurs piédestaux rougis.

Et puis, il comprenait qu'il touchait à un mo-ment suprême, que sa vie allait se décider, et

A FERROUD EDITEUR

Imp. Wittmann

qu'il ne pouvait mourir avec son secret dans sa poitrine.

C'est une étrange situation que d'aimer une reine ; c'est comme si l'on aimait une étoile, encore l'étoile vient-elle chaque nuit briller à sa place dans le ciel ; c'est une espèce de rendez-vous mystérieux : vous la retrouvez, vous la voyez, elle ne s'offense pas de vos regards ! O misère ! être pauvre, inconnu, obscur, assis tout au bas de l'échelle, et se sentir le cœur plein d'amour pour quelque chose de solennel, d'étincelant et de splendide, pour une femme dont la dernière servante ne voudrait pas de vous ! avoir l'œil fatalement fixé sur quelqu'un qui ne vous voit point, qui ne vous verra jamais, pour qui vous n'êtes qu'un flot de la foule pareil aux autres et qui vous rencontrerait cent fois sans vous reconnaître ! n'avoir, si l'occasion de parler se présente, aucune raison à donner d'une si folle audace, ni talent de poète, ni grand génie, ni qualité surhumaine, rien que de l'amour ; et en échange de la beauté, de la noblesse, de la puissance, de toutes les splendeurs qu'on rêve, n'ap-

porter que de la passion ou sa jeunesse, choses
rares !

Ces idées accablaient Meïamoun ; couché à
plat ventre sur le sable, le menton dans ses
mains, il se laissait emporter et soulever par le
flot d'une intarissable rêverie ; il ébauchait mille
projets plus insensés les uns que les autres. Il
sentait bien qu'il tendait à un but impossible,
mais il n'avait pas le courage d'y renoncer
franchement, et la perfide espérance venait
chuchoter à son oreille quelque menteuse promesse.

« Hâthor, puissante déesse, disait-il à voix
basse, que t'ai-je fait pour me rendre si mal-
heureux ? te venges-tu du dédain que j'ai eu pour
Nephté, la fille du prêtre Afomouthis ? m'en
veux-tu d'avoir repoussé Lamia, l'hétaïre d'A-
thènes, ou Flora, la courtisane romaine ? Est-ce
ma faute, à moi, si mon cœur n'est sensible
qu'à la seule beauté de Cléopâtre, ta rivale ?
Pourquoi as-tu enfoncé dans mon âme la flèche
empoisonnée de l'amour impossible ? Quel sa-
crifice et quelles offrandes demandes-tu ? Faut-

il t'élever une chapelle de marbre rose de Syène avec des colonnes à chapiteaux dorés, un plafond d'une seule pièce et des hiéroglyphes sculptés en creux par les meilleurs ouvriers de Memphis ou de Thèbes? Réponds-moi.»

Comme tous les dieux et les déesses que l'on invoque, Hâthor ne répondit rien. Meïamoun prit un parti désespéré.

Cléopâtre, de son côté, invoquait aussi la déesse Hâthor; elle lui demandait un plaisir nouveau, une sensation inconnue; languissamment couchée sur son lit, elle songeait que le nombre des sens est bien borné, que les plus exquis raffinements laissent bien vite venir le dégoût, et qu'une reine a réellement bien de la peine à occuper sa journée. Essayer des poisons sur des esclaves, faire battre des hommes avec des tigres ou des gladiateurs entre eux, boire des perles fondues, manger une province, tout cela est fade et commun!

Charmion était aux expédients et ne savait plus que faire de sa maîtresse.

Tout à coup un sifflement se fit entendre, une

flèche vint se planter en tremblant dans le re-
vêtement de cèdre de la muraille.

Cléopâtre faillit s'évanouir de frayeur. Charmion se pencha à la fenêtre et n'aperçut qu'un
flocon d'écume sur le fleuve. Un rouleau de papyrus entourait le bois de la flèche ; il contenait
ces mots écrits en caractères phonétiques : « Je
vous aime ! »

IV

« Je vous aime, » répéta Cléopâtre
en faisant tourner entre ses doigts frêles et
blancs le morceau de papyrus roulé à la façon
des scytales, voilà le mot que je demandais :
quelle âme intelligente, quel génie caché a donc
si bien compris mon désir ? Et tout à fait ré-

veillée de sa langoureuse torpeur, elle sauta à
bas de son lit avec l'agilité d'une chatte qui
flaire une souris, mit ses petits pieds d'ivoire
dans ses *tatbebs* brodés, jeta une tunique de
byssus sur ses épaules, et courut à la fenêtre
par laquelle Charmion regardait toujours.

La nuit était claire et sereine; la lune déjà
levée dessinait avec de grands angles d'ombre
et de lumière les masses architecturales du palais, détachées en vigueur sur un fond de bleuâtre transparence, et glaçait de moires d'argent
l'eau du fleuve où son reflet s'allongeait en colonne étincelante; un léger souffle de brise,
qu'on eût pris pour la respiration des Sphinx
endormis, faisait palpiter les roseaux et frisson-
ner les clochettes d'azur des lotus; les câbles
des embarcations amarrées au bord du Nil gé-
missaient faiblement, et le flot se plaignait sur
son rivage comme une colombe sans ramier.
Un vague parfum de végétation, plus doux que
celui des aromates qui brûlent dans l'*anschir*
des prêtres d'Anubis, arrivait jusque dans la
chambre. C'était une de ces nuits enchantées de

l'Orient, plus splendides que nos plus beaux jours, car notre soleil ne vaut pas cette lune.

« Ne vois-tu pas là-bas, vers le milieu du fleuve, une tête d'homme qui nage? Tiens, il traverse maintenant la traînée de lumière et va se perdre dans l'ombre; on ne peut plus le distinguer. » Et, s'appuyant sur l'épaule de Charmion, elle sortait à demi son beau corps de la fenêtre pour tâcher de retrouver la trace du mystérieux nageur. Mais un bois d'acacias du Nil, de doums et de sayals, jetait à cet endroit son ombre sur la rivière et protégeait la fuite de l'audacieux. Si Meïamoun eût eu le bon esprit de se retourner, il aurait aperçu Cléopâtre, la reine sidérale, le cherchant avidement des yeux à travers la nuit, lui pauvre Égyptien obscur, misérable chasseur de lions.

« Charmion, Charmion, fais venir Phrehipephbour, le chef des rameurs, et qu'on lance sans retard deux barques à la poursuite de cet homme », dit Cléopâtre, dont la curiosité était excitée au plus haut degré.

Prehipephbour parut : c'était un homme de

la race Nahasi, aux mains larges, aux bras mus-
culeux, coiffé d'un bonnet de couleur rouge,
assez semblable au casque phrygien, et vêtu
d'un caleçon étroit, rayé diagonalement de blanc
et de bleu. Son buste, entièrement nu, relui-
sait à la clarté de la lampe, noir et poli comme
un globe de jais. Il prit les ordres de la reine
et se retira sur-le-champ pour les exécuter.

Deux barques longues, étroites, si légères
que le moindre oubli d'équilibre les eût fait
chavirer, fendirent bientôt l'eau du Nil en sif-
flant sous l'effort de vingt rameurs vigoureux;
mais la recherche fut inutile. Après avoir battu
la rivière en tous sens, après avoir fouillé la
moindre touffe de roseaux, Phrehipephbour revint au palais sans autre résultat que d'avoir
fait envoler quelque héron endormi debout sur
une patte ou troublé quelque crocodile dans sa
digestion.

Cléopâtre éprouva un dépit si vif de cette
contrariété, qu'elle eut une forte envie de con-
damner Prehipephbour à la meule ou aux bêtes.
Heureusement Charmion intercéda pour le mal-

heureux tout tremblant, qui pâlissait de frayeur sous sa peau noire. C'était la seule fois de sa vie qu'un de ses désirs n'avait pas été aussitôt accompli que formé; aussi éprouvait-elle une surprise inquiète, comme un premier doute sur sa toute-puissance.

Elle, Cléopâtre, femme et sœur de Ptolémée, proclamée déesse Évergète, reine vivante des régions d'en bas et d'en haut, œil de lumière, préférée du soleil, comme on peut le voir dans les cartouches sculptés sur les murailles des temples, rencontrer un obstacle, vouloir une chose qui ne s'est pas faite, avoir parlé et n'a-voir pas été obéie! Autant vaudrait être la femme de quelque pauvre paraschiste inciseur de cadavres et faire fondre du natron dans une chaudière! C'est monstrueux, c'est exorbitant, et il faut être, en vérité, une reine très douce et très clémente pour ne pas faire mettre en croix ce misérable Phrehipephbour.

Vous vouliez une aventure, quelque chose d'étrange et d'inattendu; vous êtes servie à sou-hait. Vous voyez que votre royaume n'est pas si

mort que vous le prétendiez. Ce n'est pas le bras
de pierre d'une statue qui a lancé cette flèche,
ce n'est pas du cœur d'une momie que viennent
ces trois mots qui vous ont émue, vous qui
voyez avec un sourire sur les lèvres vos esclaves empoisonnés battre du talon et de la tête,
dans les convulsions de l'agonie, vos beaux pavés de mosaïque et de porphyre, vous qui ap-
plaudissez le tigre lorsqu'il a bravement enfoncé
son mufle dans le flanc du gladiateur vaincu !

Vous aurez tout ce que vous voudrez, des
chars d'argent étoilés d'émeraudes, des qua-
driges de griffons, des tuniques de pourpre
teintes trois fois, des miroirs d'acier fondu en-
tourés de pierres précieuses, si clairs que vous
vous y verrez aussi belle que vous l'êtes ; des
robes venues du pays de Sérique, si fines, si
déliées qu'elles passeraient par l'anneau de
votre petit doigt ; des perles d'un orient parfait,
des coupes de Lysippe ou de Myron, des perro-
quets de l'Inde qui parlent comme des poètes ;
vous obtiendrez tout, quand même vous deman-
deriez le ceste de Vénus ou le pschent d'Isis

Avril inv et sc

A FERROUD ÉDITEUR

mais, en vérité, vous n'aurez pas ce soir l'homme qui a lancé cette flèche qui tremble encore dans le bois de cèdre de votre lit. Les esclaves qui vous habilleront demain n'auront pas beau jeu; elles ne risquent rien d'avoir la main légère; les épingles d'or de la toilette pourraient bien avoir pour pelote la gorge de la friseuse maladroite, et l'épileuse risque fort de se faire pendre au plafond par les pieds.

« Qui peut avoir eu l'audace de lancer cette déclaration emmanchée dans une flèche? Est-ce le monarque Amoun-Ra qui se croit plus beau que l'Apollon des Grecs? qu'en penses-tu, Charmion? ou bien Chéapsiro, le commandant de l'Hermothybie, si fier de ses combats au pays de Kousch! Ne serait-ce pas plutôt le jeune Sextus, ce débauché romain, qui met du rouge, grasseye en parlant et porte des manches à la persique?

— Reine, ce n'est aucun de ceux-là; quoique vous soyez la plus belle du monde, ces gens-là vous flattent et ne vous aiment pas. Le monarque Amoun-Ra s'est choisi une idole à qui il sera toujours fidèle, et c'est sa propre personne ; le guerrier Chéapsiro ne pense qu'à raconter ses batailles ; quant à Sextus, il est si sérieusement occupé de la composition d'un nouveau cosmétique, qu'il ne peut songer à rien autre chose. D'ailleurs, il a reçu des surtouts de Laconie, des tuniques jaunes brochées d'or et des enfants asiatiques qui l'absorbent tout entier. Aucun de ces beaux seigneurs ne risquerait son cou dans une entreprise si hardie et si périlleuse ; ils ne vous aiment pas assez pour cela.

« Vous disiez hier dans votre cange que les yeux éblouis n'osaient s'élever jusqu'à vous, que l'on ne savait que pâlir et tomber à vos pieds en demandant grâce, et qu'il ne vous restait d'autre ressource que d'aller réveiller dans son cercueil doré quelque vieux pharaon parfumé au bitume. Il y a maintenant un cœur ardent et jeune qui vous aime : qu'en ferez-vous ? »

Cette nuit-là, Cléopâtre eut de la peine à s'endormir, elle se retourna dans son lit, elle appela longtemps en vain Morphée, frère de la Mort ; elle répéta plusieurs fois qu'elle était la plus malheureuse des reines, que l'on prenait à tâche de la contrarier, que la vie lui était insupportable; grandes doléances qui touchaient assez peu Charmion, quoiqu'elle fît mine d'y compatir.

Laissons un peu Cléopâtre chercher le sommeil qui la fuit et promener ses conjectures sur tous les grands de la cour; revenons à Meïamoun : plus adroit que Phrehipephbour, le chef des rameurs, nous parviendrons bien à le trouver. Effrayé de sa propre hardiesse, Meïamoun s'était jeté dans le Nil, et avait gagné à la nage le petit bois de palmiers-doums avant que Phrehipephbour eût lancé les deux barques à sa poursuite. Lorsqu'il eût repris haleine et repoussé derrière ses oreilles ses longs cheveux noirs trempés de l'écume du fleuve, il se sentit plus à l'aise et plus calme. Cléopâtre avait quelque chose qui venait de lui. Un rapport existait entre eux maintenant; Cléopâtre pensait à lui, Meïamoun. Peut-être était-ce une pensée de courroux, mais au moins il était parvenu à faire naître en elle un mouvement quelconque,

7

frayeur, colère ou pitié; il lui avait fait sentir son existence. Il est vrai qu'il avait oublié de mettre son nom sur la bande de papyrus, mais qu'eût appris de plus à la reine : Meïamoun, fils de Mandouschopsch! Un monarque ou un esclave sont égaux devant elle. Une déesse ne s'abaisse pas plus en prenant pour amoureux un homme du peuple qu'un patricien ou un roi; de si haut l'on ne voit dans un homme que l'amour.

Le mot qui lui pesait sur la poitrine comme le genou d'un colosse de bronze en était enfin sorti; il avait traversé les airs, il était parvenu jusqu'à la reine, pointe du triangle, sommet inaccessible! Dans ce cœur blasé il avait mis une curiosité, — progrès immense!

Meïamoun ne se doutait pas d'avoir si bien réussi, mais il était plus tranquille, car il s'était juré à lui-même, par la Bari mystique qui conduit les âmes dans l'Amenthi, par les oiseaux sacrés, Bennou et Gheughen; par Typhon et par Osiris, par tout ce que la mythologie égyptienne peut offrir de formidable qu'il serait l'amant de Cléopâtre, ne fût-ce qu'un

jour, ne fût-ce qu'une nuit, ne fût-ce qu'une
heure, dût-il lui en coûter son corps et son
âme.

Expliquer comment lui était venu cet amour
pour une femme qu'il n'avait vue que de loin
et sur laquelle il osait à peine lever ses yeux,
lui qui ne les baissait pas devant les jaunes
prunelles des lions, et comment cette petite
graine tombée par hasard dans son âme y avait
poussé si vite et jeté de si profondes racines,
c'est un mystère que nous n'expliquerons pas ;
nous avons dit là-haut : L'abîme l'appelait.

Quand il fut bien sûr que Phrehipephbour
était rentré avec les rameurs, il se jeta une
seconde fois dans le Nil et se dirigea de nouveau vers le palais de Cléopâtre, dont la lampe
brillait à travers un rideau de pourpre et semblait une étoile fardée. Léandre ne nageait pas
vers la tour de Sestos avec plus de courage et
de vigueur, et cependant Meïamoun n'était pas
attendu par une Héro prête à lui verser sur la
tête des fioles de parfums pour chasser l'odeur
de la mer et des âcres baisers de la tempête.

Quelque bon coup de lance ou de *harpé* était tout ce qui pouvait lui arriver de mieux, et, à vrai dire, ce n'était guère de cela qu'il avait peur. Il longea quelque temps la muraille du palais dont les pieds de marbre baignaient dans le fleuve, et s'arrêta devant une ouverture submergée, par où l'eau s'engouffrait en tourbillonnant. Il plongea deux ou trois fois sans succès ; enfin il fut plus heureux, rencontra le passage et disparut.

Cette arcade était un canal voûté qui conduisait l'eau du Nil aux bains de Cléopâtre.

V

Cléopâtre ne s'endormit que le
matin, à l'heure où rentrent les songes envolés
par la porte d'ivoire. L'illusion du sommeil lui
fit voir toute sorte d'amants se jetant à la nage,

escaladant les murs pour arriver jusqu'à elle,
et, souvenir de la veille, ses rêves étaient cri-
blés de flèches chargées de déclarations amou-
reuses. Ses petits talons agités de tressaille-
ments nerveux frappaient la poitrine de Charmion, couchée en travers du lit pour lui servir
de coussin.

Lorsqu'elle s'éveilla, un gai rayon jouait
dans le rideau de la fenêtre dont il trouait la
trame de mille points lumineux, et venait fa-
milièrement jusque sur le lit voltiger comme
un papillon d'or autour de ses belles épaules
qu'il effleurait en passant d'un baiser lumineux.
Heureux rayon que les dieux eussent envié !

Cléopâtre demanda à se lever d'une voix
mourante comme un enfant malade; deux de
ses femmes l'enlevèrent dans leurs bras et la
posèrent précieusement à terre, sur une grande
peau de tigre dont les ongles étaient d'or et
les yeux d'escarboucles. Charmion l'enveloppa
d'une calasiris de lin plus blanche que le lait,
lui entoura les cheveux d'une résille de fils
d'argent, et lui plaça les pieds dans des *tatbebs*

de liège sur la semelle desquels, en signe de
mépris, l'on avait dessiné deux figures grotesques représentant deux hommes des races
Nahasi et Nahmou, les mains et les pieds liés,
en sorte que Cléopâtre méritait littéralement
l'épithète de *conculcatrice des peuples*, que lui
donnent les cartouches royaux.

C'était l'heure du bain. Cléopâtre s'y rendit
avec ses femmes.

Les bains de Cléopâtre étaient bâtis dans de
vastes jardins remplis de mimosas, de carou-
biers, d'aloès, de citronniers, de pommiers per-
siques, dont la fraîcheur luxuriante faisait un
délicieux contraste avec l'aridité des environs;
d'immenses terrasses soutenaient des massifs
de verdure et faisaient monter les fleurs jusqu'au ciel par de gigantesques escaliers de
granit rose; des vases de marbre pentélique
s'épanouissaient comme de grands lis au bord
de chaque rampe, et les plantes qu'ils conte-
naient ne semblaient que leurs pistils; des
chimères caressées par le ciseau des plus
habiles sculpteurs grecs, et d'une physionomie

moins rébarbative que les sphinx égyptiens
avec leur mine renfrognée et leur attitude
morose, étaient couchées mollement sur le ga-
zon tout piqué de fleurs, comme de sveltes
levrettes blanches sur un tapis de salon : c'é-
taient de charmantes figures de femme, le nez
droit, le front uni, la bouche petite, les bras
délicatement potelés, la gorge ronde et pure,
avec des boucles d'oreilles, des colliers et des
ajustements d'un caprice adorable, se bifur-
quant en queue de poisson comme la femme
dont parle Horace, se déployant en aile d'oiseau, s'arrondissant en croupe de lionne, se
contournant en volute de feuillage, selon la
fantaisie de l'artiste ou les convenances de la
position architecturale : — une double rangée
de ces délicieux monstres bordait l'allée qui
conduisait du palais à la salle.

Au bout de cette allée, on trouvait un large
bassin avec quatre escaliers de porphyre; à
travers la transparence de l'eau diamantée on
voyait les marches descendre jusqu'au fond
sablé de poudre d'or; des femmes terminées

en gaine comme des cariatides faisaient jaillir
de leurs mamelles un filet d'eau parfumée qui
retombait dans le bassin en rosée d'argent, et
en picotait le clair miroir de ses gouttelettes

grésillantes. Outre cet emploi, ces cariatides
avaient encore celui de porter sur leur tête un
entablement orné de néréides et de tritons en
bas-relief et muni d'anneaux de bronze pour
attacher les cordes de soie du vélarium. Au
delà du portique l'on apercevait des verdures

humides et bleuâtres, des fraîcheurs ombreuses,
un morceau de la vallée de Tempé transporté
en Égypte. Les fameux jardins de Sémiramis
n'étaient rien auprès de cela.

Nous ne parlerons pas de sept ou huit autres
salles de différentes températures, avec leur
vapeur chaude ou froide, leurs boîtes de parfums, leurs cosmétiques, leurs huiles, leurs
pierres ponces, leurs gantelets de crin, et tous
les raffinements de l'art balnéatoire antique
poussé à un si haut degré de volupté et de raf-
finement.

Cléopâtre arriva, la main sur l'épaule de
Charmion; elle avait fait au moins trente pas
toute seule! grand effort! fatigue énorme! Un
léger nuage rose, se répandant sous la peau
transparente de ses joues, en rafraîchissait la
pâleur passionnée; ses tempes blondes comme
l'ambre laissaient voir un réseau de veines
bleues; son front uni, peu élevé comme les
fronts antiques, mais d'une rondeur et d'une
forme parfaites, s'unissait par une ligne irré-
prochable à un nez sévère et droit, en façon de

camée, coupé de narines roses et palpitantes à la moindre émotion, comme les naseaux d'une tigresse amoureuse; la bouche petite, ronde, très rapprochée du nez, avait la lèvre dédaigneusement arquée; mais une volupté effrénée, une ardeur de vie incroyable rayonnait dans le rouge éclat et dans le lustre humide de la lèvre inférieure. Ses yeux avaient des paupières étroites, des sourcils minces et presque sans inflexion. Nous n'essayerons pas d'en donner une idée; c'était un feu, une langueur, une limpidité étincelante à faire tourner la tête de chien d'Anubis lui-même; chaque regard de ses yeux était un poème supérieur à ceux d'Homère ou de Mimnerme; un menton impérial, plein de force et de domination, terminait dignement ce charmant profil.

Elle se tenait debout sur la première marche du bassin, dans une attitude pleine de grâce et de fierté; légèrement cambrée en arrière, le pied suspendu comme une déesse qui va quitter son piédestal et dont le regard est encore au ciel; deux plis superbes partaient des pointes de sa gorge et filaient d'un seul jet jusqu'à terre. Cléomène, s'il eût été son contemporain et s'il eût pu la voir, aurait brisé sa Vénus de dépit.

Avant d'entrer dans l'eau, par un nouveau caprice, elle dit à Charmion de lui changer sa coiffure à résilles d'argent; elle aimait mieux une couronne de fleurs de lotus avec des joncs, comme une divinité marine. Charmion obéit; — ses cheveux délivrés coulèrent en cascades noires sur ses épaules, et pendirent en grappes comme des raisins mûrs au long de ses belles joues.

Puis la tunique de lin, retenue seulement par une agrafe d'or, se détacha, glissa au long de son corps de marbre, et s'abattit en blanc nuage à ses pieds comme le cygne aux pieds de Léda...

Et Meïamoun, où était-il?

O cruauté du sort! tant d'objets insensibles jouissent de faveurs qui raviraient un amant de joie. Le vent qui joue avec une chevelure parfumée ou qui donne à de belles lèvres des bai-

Avril inv & sc.

sers qu'il ne peut apprécier, l'eau à qui cette volupté est bien indifférente et qui enveloppe d'une seule caresse un beau corps adoré, le miroir qui réfléchit tant d'images charmantes, le cothurne ou le tatbeb qui enferme un divin petit pied : oh! que de bonheurs perdus!

Cléopâtre trempa dans l'eau son talon vermeil et descendit quelques marches; l'onde frissonnante lui faisait une ceinture et des bracelets d'argent, et roulait en perles sur sa poitrine et ses épaules comme un collier défait; ses grands cheveux, soulevés par l'eau, s'étendaient derrière elle comme un manteau royal; elle était reine même au bain. Elle allait et venait, plongeait et rapportait du fond dans ses mains des poignées de poudre d'or qu'elle lançait en riant à quelqu'une de ses femmes; d'autres fois elle se suspendait à la balustrade du bassin, cachant et découvrant ses trésors, tantôt ne laissant voir que son dos poli et lustré, tantôt se montrant entière comme la Vénus Anadyomène, et variant sans cesse les aspects de sa beauté.

Tout à coup elle poussa un cri plus aigu que
Diane surprise par Actéon; elle avait vu à travers le feuillage luire une prunelle ardente,
jaune et phosphorique comme un œil de crocodile ou de lion.

C'était Meïamoun qui, tapi contre terre, derrière une touffe de feuilles, plus palpitant qu'un
faon dans les blés, s'enivrait du dangereux
bonheur de regarder la reine dans son bain.
Quoiqu'il fût courageux jusqu'à la témérité, le
cri de Cléopâtre lui entra dans le cœur plus
froid qu'une lame d'épée; une sueur mortelle
lui couvrit tout le corps; ses artères sifflaient
dans ses tempes avec un bruit strident, la
main de fer de l'anxiété lui serrait la gorge
et l'étouffait.

Les eunuques accoururent la lance au poing;
Cléopâtre leur désigna le groupe d'arbres, où
ils trouvèrent Meïamoun blotti et pelotonné. La
défense n'était pas possible, il ne l'essaya pas
et se laissa prendre. Ils s'apprêtaient à le tuer
avec l'impassibilité cruelle et stupide qui carac-
térise les eunuques; mais Cléopâtre, qui avait

eu le temps de s'envelopper de sa calasiris, leur fit signe de la main de s'arrêter et de lui amener le prisonnier.

Meïamoun ne put que tomber à ses genoux en tendant vers elle des mains suppliantes comme vers l'autel des dieux.

« Es-tu quelque assassin gagé par Rome? et que venais-tu faire dans ces lieux sacrés d'où les hommes sont bannis? dit Cléopâtre avec un geste d'interrogation impérieuse.

— Que mon âme soit trouvée légère dans la balance de l'Amenthi, et que Tmeï, fille du soleil et déesse de la vérité, me punisse si jamais j'eus contre vous, ô reine! une intention mauvaise, » répondit Meïamoun toujours à genoux.

La sincérité et la loyauté brillaient sur sa figure en caractères si transparents, que Cléopâtre abandonna sur-le-champ cette pensée, et fixa sur le jeune Égyptien des regards moins sévères et moins irrités; elle le trouvait beau.

« Alors, quelle raison te poussait dans un lieu où tu ne pouvais rencontrer que la mort?

— Je vous aime, » dit Meïamoun d'une voix

basse, mais distincte; car son courage était
revenu comme dans toutes les situations ex-
trêmes et que rien ne peut empirer.

« Ah! fit Cléopâtre en se penchant vers lui et
en lui saisissant le bras avec un mouvement
brusque et soudain, c'est toi qui as lancé la
flèche avec le rouleau de papyrus; par Oms,
chien des enfers, tu es un misérable bien hardi!.. Je te reconnais maintenant; il y a longtemps que je te vois errer comme une ombre
plaintive autour des lieux que j'habite... Tu
étais à la procession d'Isis, à la panégyrie d'Hermonthis; tu as suivi la cange royale. Ah! il te
faut une reine!... Tu n'as point des ambitions
médiocres; tu t'attendais sans doute à être payé
de retour... Assurément je vais t'aimer... Pourquoi pas?

— Reine, répondit Meïamoun avec un air de
grave mélancolie, ne raillez pas. Je suis insensé,
c'est vrai; j'ai mérité la mort, c'est vrai encore;
soyez humaine, faites-moi tuer.

— Non, j'ai le caprice d'être clémente aujourd'hui; je t'accorde la vie.

— Que voulez-vous que je fasse de la vie? Je vous aime.

— Eh bien! tu seras satisfait, tu mourras, répondit Cléopâtre ; tu as fait un rêve étrange, extravagant ; tes désirs ont dépassé en imagination un seuil infranchissable, — tu pensais que tu étais César ou Marc-Antoine, tu aimais la reine! A certaines heures de délire, tu as pu croire qu'à la suite de circonstances qui n'arrivent qu'une fois tous les mille ans, Cléopâtre un jour t'aimerait. Eh bien! ce que tu croyais impossible va s'accomplir, je vais faire une réalité de ton rêve ; cela me plaît, une fois, de combler une espérance folle. Je veux t'inonder de splendeurs, de rayons et d'éclairs ; je veux que ta fortune ait des éblouissements. Tu étais en bas de la roue, je vais te mettre en haut, brusquement, subitement, sans transition. Je te prends dans le néant, je fais de toi l'égal d'un dieu, et je te replonge dans le néant : c'est tout ; mais ne viens pas m'appeler cruelle, implorer ma pitié, ne vas pas faiblir quand l'heure arrivera. Je suis bonne, je me prête à

9

ta folie ; j'aurais le droit de te faire tuer sur-le-
champ ; mais tu me dis que tu m'aimes, je te
ferai tuer demain ; ta vie pour une nuit. Je
suis généreuse, je te l'achète, je pourrais la
prendre. Mais que fais-tu à mes pieds ? relè-
ve-toi, et donne-moi la main pour rentrer au
palais.

VI

Notre monde est bien petit à côté du monde antique, nos fêtes sont mesquines auprès des effrayantes somptuosités des patriciens romains et des princes asiatiques ;

leurs repas ordinaires passeraient aujourd'hui pour des orgies effrénées, et toute une ville moderne vivrait pendant huit jours de la desserte de Lucullus soupant avec quelques amis intimes. Nous avons peine à concevoir, avec nos habitudes misérables, ces existences énormes, réalisant tout ce que l'imagination peut inventer de hardi, d'étrange et de plus monstrueusement en dehors du possible. Nos palais sont des écuries où Caligula n'eût pas voulu mettre son cheval ; le plus riche des rois constitutionnels ne mène pas le train d'un petit satrape ou d'un proconsul romain. Les soleils radieux qui brillaient sur la terre sont à tout jamais éteints dans le néant de l'uniformité ; il ne se lève plus sur la noire fourmilière des hommes de ces colosses à formes de Titan, qui parcouraient le monde en trois pas, comme les chevaux d'Homère ; — plus de tour de Lylacq, plus de Babel géante escaladant le ciel de ses spirales infinies, plus de temples démesurés faits avec des quartiers de montagne, de terrasses royales que chaque siècle et chaque peuple n'ont pu élever que d'une assise, et d'où le prince accoudé et rêveur peut regarder la figure du monde comme une carte déployée; plus de ces villes désordonnées faites d'un inextricable entassement d'édifices cyclopéens, avec leurs circonvallations profondes, leurs cirques rugissant nuit et jour, leurs réservoirs remplis d'eau de mer et peuplés de léviathans et de baleines, leurs rampes colossales, leurs superpositions de terrasses, leurs tours au faîte baigné de nuages, leurs palais géants, leurs aqueducs, leurs cités vomitoires et leurs nécropoles ténébreuses! Hélas! plus rien que des ruches de plâtre sur un damier de pavés.

L'on s'étonne que les hommes ne se soient pas révoltés contre ces confiscations de toutes les richesses et de toutes les forces vivantes au profit de quelques rares privilégiés, et que de si exorbitantes fantaisies n'aient point rencontré d'obstacles sur leur chemin sanglant. C'est que ces existences prodigieuses étaient la réalisation au soleil du rêve que chacun faisait la nuit, — des personnifications de la pensée commune, et que les peuples se regardaient vivre symbolisés sous un de ces noms météoriques qui flamboient inextinguiblement dans la nuit des âges. Aujourd'hui, privé de ce spectacle éblouissant de la volonté toute-puissante, de cette haute contemplation d'une âme humaine dont le moindre désir se traduit en actions inouïes, en énormités de granit et d'airain, le monde s'ennuie éperdument et désespérément; l'homme n'est plus représenté dans sa fantaisie impériale.

L'histoire que nous écrivons et le grand nom de Cléopâtre qui s'y mêle nous ont jeté dans ces réflexions malsonnantes pour les oreilles civilisées. Mais le spectacle du monde antique est quelque chose de si écrasant, de si décourageant pour les imaginations qui se croient effrénées et les esprits qui pensent avoir atteint aux dernières limites de la magnificence féerique, que nous n'avons pu nous empêcher de consigner ici nos doléances et nos tristesses de n'avoir pas été contemporain de Sardanapale, de Teglath Phalazar, de Cléopâtre, reine

d'Égypte, ou seulement d'Héliogabale, empe-
reur de Rome et prêtre du Soleil.

Nous avons à décrire une orgie suprême, un
festin à faire pâlir celui de Balthazar, une nuit
de Cléopâtre. Comment, avec la langue fran-
çaise, si chaste, si glacialement prude, rendrons-
nous cet emportement frénétique, cette large
et puissante débauche qui ne craint pas de
mêler le sang et le vin, ces deux pourpres, et
ces furieux élans de la volupté inassouvie se
ruant à l'impossible avec toute l'ardeur de sens
que le long jeûne chrétien n'a pas encore
mâtés?

La nuit promise devait être splendide; il fallait que toutes les joies possibles d'une existence humaine fussent concentrées en quelques
heures; il fallait faire de la vie de Meïamoun
un élixir puissant qu'il pût boire en une seule
coupe. Cléopâtre voulait éblouir sa victime vo-
lontaire, et la plonger dans un tourbillon de
voluptés vertigineuses, l'enivrer, l'étourdir avec
le vin de l'orgie, pour que la mort, bien qu'ac-
ceptée, arrivât sans être vue ni comprise.

Transportons nos lecteurs dans la salle du banquet.

Notre architecture actuelle offre peu de points de comparaison avec ces constructions immenses dont les ruines ressemblent plutôt à des éboulements de montagnes qu'à des restes d'édifices. Il fallait toute l'exagération de la vie antique pour animer et remplir ces prodigieux palais dont les salles étaient si vastes qu'elles ne pouvaient avoir d'autre plafond que le ciel, magnifique plafond, et bien digne d'une pareille architecture !

La salle du festin avait des proportions énormes et babyloniennes ; l'œil ne pouvait en pénétrer la profondeur incommensurable ; de monstrueuses colonnes, courtes, trapues, solides à porter le pôle, épataient lourdement leur fût évasé sur un socle bigarré d'hiéroglyphes, et soutenaient de leurs chapiteaux ventrus de gigantesques arcades de granit s'avançant par assises comme des escaliers renversés. Entre chaque pilier, un sphinx colossal de basalte, coiffé du pschent, allongeait sa tête à l'œil obli-

que, au menton cornu, et jetait dans la salle
un regard fixe et mystérieux. Au second étage,
en recul du premier, les chapiteaux des colonnes, plus sveltes de tournure, étaient rem-
placés par quatre têtes de femmes adossées avec
les barbes cannelées et les enroulements de la
coiffure égyptienne; au lieu de sphinx, des
idoles à tête de taureau, spectateurs impassibles
des délires nocturnes et des fureurs orgiaques,
étaient assis dans des sièges de pierre comme
des hôtes patients qui attendent que le festin
commence.

Un troisième étage d'un ordre différent, avec
des éléphants de bronze lançant de l'eau de
senteur par la trompe, couronnait l'édifice;
par-dessus, le ciel s'ouvrait comme un gouffre
bleu, et les étoiles curieuses s'accoudaient sur
la frise.

De prodigieux escaliers de porphyre, si polis
qu'ils réfléchissaient les corps comme des miroirs, montaient et descendaient de tous côtés
et liaient entre elles ces grandes masses d'architecture.

Nous ne traçons ici qu'une ébauche rapide pour faire comprendre l'ordonnance de cette construction formidable avec ses proportions hors de toute mesure humaine. Il faudrait le pinceau de Martinn, le grand peintre des énormités disparues, et nous n'avons qu'un maigre trait de plume au lieu de la profondeur apocalyptique de la manière noire ; mais l'imagination y suppléera ; moins heureux que le peintre et le musicien, nous ne pouvons présenter les objets que les uns après les autres. Nous n'avons parlé que de la salle du festin, laissant de côté les convives ; encore ne l'avons-nous qu'indiquée. Cléopâtre et Meïamoun nous attendent ; les voici qui s'avancent.

Meïamoun était vêtu d'une tunique de lin constellée d'étoiles avec un manteau de pourpre et des bandelettes dans les cheveux comme un roi oriental. Cléopâtre portait une robe glauque, fendue sur le côté et retenue par des abeilles d'or ; autour de ses bras nus jouaient deux rangs de grosses perles ; sur sa tête rayonnait la couronne à pointes d'or. Malgré le sourire de sa bouche, un nuage de préoccupation ombrait légèrement son beau front, et ses sourcils se rapprochaient quelquefois avec un mouvement fébrile. Quel sujet peut donc contrarier la grande reine! Quant à Meïamoun, il avait le teint ardent et lumineux d'un homme dans l'extase ou dans la vision; des effluves rayonnants, partant de ses tempes et de son front, lui faisaient un nimbe d'or, comme à un des douze grands dieux de l'Olympe.

Une joie grave et profonde brillait dans tous ses traits; il avait embrassé sa chimère aux ailes inquiètes sans qu'elle s'envolât; il avait touché le but de sa vie. Il vivrait l'âge de Nestor et de Priam; il verrait ses tempes veinées se couvrir de cheveux blancs comme ceux du grand prêtre d'Ammon; il n'éprouverait rien de nouveau, il n'apprendrait rien de plus. Il a obtenu tellement au delà de ses plus folles espérances, que le monde n'a plus rien à lui donner.

Cléopâtre le fit asseoir à côté d'elle sur un trône côtoyé de griffons d'or et frappa ses petites mains l'une contre l'autre. Tout à coup des

lignes de feux, des cordons scintillants, dessi-
nèrent toutes les saillies de l'architecture; les
yeux du sphinx lancèrent des éclairs phospho-
riques, une haleine enflammée sortit du mufle
des idoles; les éléphants, au lieu d'eau parfumée, soufflèrent une colonne rougeâtre; des
bras de bronze jaillirent des murailles avec des
torches au poing : dans le cœur sculpté des
lotus s'épanouirent des aigrettes éclatantes.

De larges flammes bleuâtres palpitaient dans
les trépieds d'airain, des candélabres géants
secouaient leur lumière échevelée dans une
ardente vapeur; tout scintillait et rayonnait.
Les iris prismatiques se croisaient et se brisaient
en l'air; les facettes des coupes, les angles des
marbres et des jaspes, les ciselures des vases,
tout prenait une paillette, un luisant ou un
éclair. La clarté ruisselait par torrents et tom-
bait de marche en marche comme une cascade
sur un escalier de porphyre, l'on aurait dit une
réverbération d'un incendie dans une rivière;
si la reine de Saba y eût monté, elle eût relevé
le pli de sa robe croyant marcher dans l'eau

comme sur le parquet de glace de Salomon.
A travers ce brouillard étincelant, les figures
monstrueuses des colosses, les animaux, les
hiéroglyphes semblaient s'animer et vivre d'une
vie factice; les béliers de granit noir ricanaient
ironiquement et choquaient leurs cornes dorées,
les idoles respiraient avec bruit par leurs naseaux haletants.

L'orgie était à son plus haut degré; les plats
de langues de phénicoptères et de foies de
scarus, les murènes engraissées de chair humaine et préparées au garum, les cervelles de
paon, les sangliers pleins d'oiseaux vivants, et
toutes les merveilles des festins antiques dé-
cuplées et centuplées, s'entassaient sur les
trois pans du gigantesque triclinium. Les vins
de Crète, de Massique et de Falerne, écumaient
dans les cratères d'or couronnés de roses,
remplis par des pages asiatiques dont les belles
chevelures flottantes servaient à essuyer les
mains des convives. Des musiciens jouant du
sistre, du tympanon, de la sambuque et de la
harpe à vingt et une cordes, remplissaient les

travées supérieures et jetaient leur bruissement harmonieux dans la tempête de bruit qui planait sur la fête : la foudre n'aurait pas eu la voix assez haute pour se faire entendre.

Meïamoun, la tête penchée sur l'épaule de Cléopâtre, sentait sa raison lui échapper; la salle du festin tourbillonnait autour de lui comme un immense cauchemar architectural; il voyait, à travers ses éblouissements, des perspectives et des colonnades sans fin ; de nouvelles zones de portiques se superposaient aux véritables, et s'enfonçaient dans les cieux à des hauteurs où les Babels ne sont jamais parvenues. S'il n'eût senti dans sa main la main douce et froide de Cléopâtre, il eût cru être transporté dans le monde des enchantements par un sorcier de Thessalie ou un mage de Perse.

Vers la fin du repas, des nains bossus et des morions exécutèrent des danses et des combats grotesques; puis des jeunes filles égyptiennes et grecques, représentant les heures noires et blanches, dansèrent sur le mode ionien une

A PERROUD EDITEUR

Imp Wittmann

danse voluptueuse avec une perfection inimitable.

Cléopâtre elle-même se leva de son trône, rejeta son manteau royal, remplaça son diadème sidéral par une couronne de fleurs, ajusta des crotales d'or à ses mains d'albâtre, et se mit à danser devant Meïamoun éperdu de ravissement. Ses beaux bras arrondis comme les anses d'un vase de marbre, secouaient au-dessus de sa tête des grappes de notes étincelantes, et ses crotales babillaient avec une volubilité toujours croissante. Debout sur la pointe vermeille de ses petits pieds, elle avançait rapidement et venait effleurer d'un baiser le front de Meïamoun, puis elle recommençait son manège et voltigeait autour de lui, tantôt se cambrant en arrière, la tête renversée, l'œil demi-clos, les bras pâmés et morts, les cheveux débouclés et pendants comme une bacchante du mont Ménale agitée par son dieu; tantôt leste, vive, rieuse, papillonnante, infatigable et plus capricieuse en ses méandres que l'abeille qui butine. L'amour du cœur, la volupté

des sens, la passion ardente, la jeunesse inépuisable et fraîche, la promesse du bonheur
prochain, elle exprimait tout.

Les pudiques étoiles ne regardaient plus,
leurs chastes prunelles d'or n'auraient pu sup-
porter un tel spectacle; le ciel même s'était
effacé, et un dôme de vapeur enflammée couvrait la salle.

Cléopâtre revint s'asseoir près de Meïamoun.
La nuit s'avançait, la dernière des heures noires
allait s'envoler; une lueur bleuâtre entra d'un
pied déconcerté dans ce tumulte de lumières
rouges, comme un rayon de lune qui tombe
dans une fournaise; les arcades supérieures
s'azurèrent doucement, le jour paraissait.

Meïamoun prit le vase de corne que lui
tendit un esclave éthiopien à physionomie
sinistre, et qui contenait un poison tellement
violent qu'il eût fait éclater tout autre vase.
Après avoir jeté sa vie à sa maîtresse dans un
dernier regard, il porta à ses lèvres la coupe
funeste où la liqueur empoisonnée bouillon-
nait et sifflait.

Cléopâtre pâlit et posa sa main sur le bras de Meïamoun pour le retenir. Son courage la touchait; elle allait lui dire : « Vis encore pour m'aimer, je le veux... » Quand un bruit de clairon se fit entendre. Quatre hérauts d'armes entrèrent à cheval dans la salle du festin; c'étaient des officiers de Marc-Antoine qui ne précédaient leur maître que de quelques pas. Elle lâcha silencieusement le bras de Meïamoun. Un rayon de soleil vint jouer sur le front de Cléopâtre comme pour remplacer son diadème absent.

« Vous voyez bien que le moment est arrivé; il fait jour, c'est l'heure où les beaux rêves s'envolent, » dit Meïamoun. Puis il vida d'un trait le vase fatal et tomba comme frappé de la foudre. Cléopâtre baissa la tête, et dans sa coupe une larme brûlante, la seule qu'elle ait versée de sa vie, alla rejoindre la perle fondue.

« Par Hercule! ma belle reine, j'ai eu beau faire diligence, je vois que j'arrive trop tard, dit Marc-Antoine en entrant dans la salle du festin; le souper est fini. Mais que signifie ce cadavre renversé sur les dalles?

— Oh! rien, fit Cléopâtre en souriant; c'est un poison que j'essayais pour m'en servir si Auguste me faisait prisonnière. Vous plairait-il, mon cher seigneur, de vous asseoir à côté de moi et de voir danser ces bouffons grecs?... »

IMPRIMÉ

PAR

CHAMEROT ET RENOUARD

19, rue des Saints-Pères, 19

PARIS